ÉPITRE

A

NAPOLÉON BONAPARTE,

PREMIER CONSUL.

IMPRIMERIE DE CHAIGNIEAU AINÉ.

EPITRE

A

NAPOLÉON BONAPARTE,

PREMIER CONSUL;

Par un soldat de l'Armée d'Italie.

Alexandre, en mourant, vit que par des batailles
On devait célébrer ses tristes funérailles ;
Par un pacte sacré nommant ses successeurs,
Que BONAPARTE au monde épargne ces malheurs.

A PARIS,

Chez Renard, libraire, rue Caumartin, n°. 750.

PRAIRIAL AN X.

ÉPITRE

A

NAPOLÉON BONAPARTE,

PREMIER CONSUL.

Quel est donc le démon qui m'agite et m'enflamme?
Céderai-je au désir qu'il a mis dans mon ame?
De la soif de rimer je me sens altéré;
Mais pour y réussir, suis-je assez inspiré?
Moi qu'on ne vit jamais aborder le Parnasse
Que pour me repentir d'une indiscrète audace;
Etranger, inconnu dans le sacré vallon,
De quel droit oserai-je invoquer Apollon?
Eh! que dira, grands Dieux! la sévère critique,
Si, bien loin de calmer ma fièvre poétique,
J'embouche la trompette et célèbre un héros
A qui l'histoire en vain cherchera des rivaux;
Qui, plus grand dans la paix qu'illustre par la guerre,
Commande, à son nom seul, le respect à la terre?....
Qu'un autre, mieux que moi, dans un poëme heureux,
Chante NAPOLÉON; mais qui sait l'aimer mieux?

Si je suis les élans de ma reconnaissance,
Il jugera mes vers avec son indulgence;
« Ce soldat, dira-t-il, n'était pas un flatteur;
» Sa plume a mal écrit ce que sent bien son cœur ».

Hier, j'étais assis à l'ombre d'un vieux chêne;
Mes regards embrassaient la plus riante plaine :
En peu d'instans Phébus allait finir son cours.
Du fleuve du Thérin j'admirais les détours :
Des prés couverts de fleurs, une moisson naissante,
Des bosquets enchantés, une ville opulente,
Un ciel calme et serein, tout enivrait mes sens.
Je pensais : mon esprit, à des rêves charmans
Se livrait tout entier; au bonheur de la France,
A son éclat présent, à sa toute puissance,
A l'admiration qu'obtiennent ses succès,
Avec un noble orgueil, tout bas j'applaudissais.

Je me disais : j'ai vu, lasse de tyrannie,
J'ai vu, pour s'affranchir, s'insurger ma patrie;
D'un trône chancelant elle a banni ses rois,
Et de sa liberté reconquis tous les droits.
Pour venger des Bourbons la chute méritée,
Ou, par nos mouvemens, l'Europe épouvantée
Se lève contre nous, rassemble ses soldats;
De toutes parts on crie : Aux armes! aux combats!
De tant de souverains, la ligue ambitieuse,
Se pare en vain du nom de ligue généreuse :

Ils prétendaient, Louis, au lieu de te venger,
Envahir tes états et se les partager.
Au Nord, à l'Orient, leurs formidables armes,
Déjà dans nos foyers ont porté les alarmes;
Aux Alpes, au Midi, par les mêmes efforts,
De nombreux ennemis menacent d'autres bords.
Albion, de tous temps notre rivale altière,
Épuise ses trésors, organise la guerre :
En divisant l'Europe, à l'empire des mers
Elle veut ajouter celui de l'Univers.
Comment résister seuls, quand nos bandes guerrières
A l'exemple des chefs désertent nos bannières?
Qui saura commander à des soldats nouveaux?
Un jour ne forme pas d'habiles généraux.

Cependant, des Français la plus brave jeunesse,
De vaincre ou de mourir, consacre la promesse;
Un saint enthousiasme embrase tous les cœurs,
Et Mars se réjouit d'inspirer ses fureurs.
Il s'en présentera de ces chefs magnanimes
Dont les noms s'allieront aux noms les plus sublimes.
O toi qui te lassas du plus noble destin,
Sur les glaces du Nord, sur les rives du Rhin,
Nous t'aurons vu souvent commander la victoire:
Si, chez nos ennemis, tu vas flétrir ta gloire,
Les remords te suivront; mais vous, *Hoche*, *Moreau*;
Vous, *Joubert*, *Massena*, *Desaix*, *Brune*, *Augereau*,

Vous ne trahirez point!... Vers les Monts-Pyrénées
Nos armes, par la paix, sont déjà couronnées;
C'est à vous qu'on la doit, *Pérignon*, *Dugommier*,
A toi, sang de *Turenne*, illustre grenadier,
Dont la vertu toujours égala le courage,
Et de tes ennemis te mérita l'hommage.
Je devrais vous citer, vous tous fameux héros;
Mais l'histoire dira vos noms et vos travaux.

Lorsque nous combattions, des hommes sanguinaires
Désolaient nos foyers, assassinaient nos pères :
Échappés du néant, sans pudeur et sans foi,
Ces monstres gouvernaient; détruire était leur loi.
Talens, vertus, vieillesse, innocence, jeune âge,
Rien ne fut épargné : le plus dur esclavage,
En nous humiliant, s'appelait liberté !
On aurait dit, hélas! que le ciel irrité
Ne devait mettre fin à sa longue vengeance,
Qu'après avoir détruit, enseveli la France.
O combien de forfaits, Dieux ! vous avez permis !
Ils ont même effrayé jusqu'à nos ennemis,
Et nos neveux un jour n'oseront pas y croire......
Mais de ces temps affreux bannissons la mémoire.
Alors, les camps du moins, refuge de l'honneur,
Nourrissaient dans leur sein notre libérateur.
Il va prendre son vol : les Alpes sur leur tête
Pensent voir *Annibal* méditant sa conquête ;

Mille obstacles en vain se montrent à ses yeux;
Il a peu de soldats, il les voit malheureux;
Mais il espère tout de son vaste génie.
« Suivez-moi, leur dit-il, regardez l'Ausonie;
» Ce fortuné pays sera bientôt à nous :
» Comptez sur votre chef; il a compté sur vous ».

Tel qu'un torrent fougueux qui descend des montagnes,
Il porte devant lui l'effroi dans les campagnes;
Semblables aux roseaux par les vents abattus,
Il entraîne en son cours ses ennemis vaincus.
L'Autriche cède enfin son plus bel appanage;
Mais les plus grands revers redoublent son courage;
Elle organise encor des bataillons nombreux :
Il repousse vingt fois ses chefs les plus fameux.
D'un regard il a fait tomber le Capitole !
O combats de Lodi, de Lonato, d'Arcole,
Quel émule d'Homère un jour vous chantera ?
Au défaut d'un Lebrun qui vous retracera ?

Au bruit de nos succès Vienne est dans les alarmes;
Fatigué de revers le Germain rend les armes.
Le vainqueur généreux aux branches de laurier
Sur son auguste front veut unir l'olivier.
Après toi, douce paix, le monde entier soupire,
Tu parais un moment ..... l'humanité respire!

Ah ! pourquoi portas-tu dans des climats lointains
Le héros sur lequel reposaient nos destins ?

Que de maux son départ cause à la République !
Tandis que sur le Nil, dans les sables d'Afrique,
A des peuples sans frein il va donner des lois,
Ses traités sont rompus (*) : il comptait sur les rois !
Oui, j'oserai le dire ; ils voyaient dans la France
L'intrigue dominer, le vice et l'ignorance
Enlever les emplois aux vertus, aux talens.
La Discorde triomphe, agite ses serpens.
Des monts glacés de l'Ours des cohortes nombreuses
Viendront humilier nos troupes valeureuses ;
L'Adige et le Tésin témoins de nos malheurs
Obéiront bientôt à de nouveaux vainqueurs.
De nos revers je tais les auteurs, les complices....
Aurons-nous supporté sept ans de sacrifices,
Répandu tant de sang, pour voir les factions,
La hideuse anarchie et ses proscriptions
Ressusciter Marat, évoquer Robespierre ?
L'ennemi du dehors est sur notre frontière :
L'ennemi du dedans, cent fois plus dangereux,
Une guerre intestine a rallumé ses feux.
Quel mortel assez grand, assez plein d'énergie
Pourra nous arracher à notre léthargie ?
Tout a dégénéré !.... sans secours, sans crédit,
La grande nation dans peu d'instans périt,
Si du ciel appaisé la tardive Clémence
Avec NAPOLÉON ne nous rend l'espérance !

(*) Traité de Campo Formio.

La France te revoit, te nomme son sauveur ;
De toi seul elle attend sa force et son honneur :
Elle ne craindra plus l'inconstante fortune.
Rappelle-toi ces jours d'allégresse commune,
Lorsque sur ton passage un peuple généreux
Oubliant tous ses maux t'accablait de ses vœux !
Jamais Consul Romain, après une victoire,
Jouit-il d'un triomphe aussi brillant de gloire ?
Sensible à notre amour, alors tu nous promis,
(Ce ne fut pas en vain), de sauver ton pays.
Pentarques, à l'aspect de l'homme magnanime,
Déposez un pouvoir long-temps illégitime :
Saisis-le, BONAPARTE ; use enfin de tes droits.
Parle, nos légions reconnaîtront ta voix.
Ah ! nous aurons bientôt réparé nos défaites !
Déjà nos ennemis méditent leurs retraites.
Le Danube effrayé se soumet à Moreau ;
Les plus grands coups par toi frappés à Maringo
Vont enfin décider une paix honorable ;
La bonne foi la dicte : elle sera durable.

Depuis que le pouvoir repose entre tes mains,
Tu nous fais des amis de tous les souverains ;
Je les vois rendre hommage à notre indépendance
Et du Peuple français rechercher l'alliance.
Mais c'était peu pour toi de nous donner la paix,
Tes jours sont tous marqués par de plus grands bienfaits.
Méprisant les clameurs de l'Athéisme impie,
Tu brises les autels d'*une philosophie*,

Qui jamais dans les cœurs n'enfanta de vertus :
Par toi sont rétablis les nœuds long-temps rompus
Qui font communiquer les Cieux avec la Terre.
D'une Religion et sainte et nécessaire
Les temples sont r'ouverts et tout un peuple heureux
Encense BONAPARTE en recouvrant ses Dieux.

Dans les malheureux jours de notre République,
Ou victimes encor d'une erreur politique
Des Français avaient fui dans des climats lointains
Pour chercher leur salut et de meilleurs destins :
Traînant chez l'étranger leurs trop longues misères ,
N'espérant plus revoir les tombeaux de leurs pères ,
Ils reçoivent enfin ce généreux pardon
Qui lève le cachet de leur proscription :
Ils la retrouveront heureuse et florissante
Et sauront tous servir la patrie indulgente.

La justice et les lois ont repris leur vigueur,
Le commerce et les arts recouvrent leur splendeur ;
Quand pour tout réparer trois ans devaient suffire,
Quels biens tu nous promets en conservant l'Empire ?
Aux combats Marcellus, Solon dans le sénat,
N'as-tu pas tous les droits à gouverner l'Etat ?
L'ambitieux se taît, lorsque toute la France
Plus pour son intérêt que par reconnaissance ,
En siècles désirant pouvoir changer tes jours ,
Te proclame son Chef , son Consul pour toujours.

La nuit m'avait surpris : dans l'ombre et le silence,
Un vieillard vénérable auprès de moi s'avance :
« Jeune guerrier, dit-il, ici je t'observais ;
» J'écoutais tous tes vœux et je les approuvais.
» Le grand NAPOLÉON, l'ornement de ce monde,
» Demi-dieu sur lequel notre bonheur se fonde,
» Trop tôt nous quittera pour retourner aux Cieux.
» Il n'est plus qu'un bienfait qu'il doit à nos neveux.....
» Alexandre, en mourant, vit que par des batailles
» On devait célébrer ses tristes funérailles ;
» Par un pacte sacré nommant ses successeurs,
» Que BONAPARTE au monde épargne ces malheurs ».

AIMÉ L***.

www.ingramcontent.com/pod-product-compliance
Lightning Source LLC
Chambersburg PA
CBHW061444170626
46811CB00005B/2362